KB074696

해독 일기

해독 일기

TOXIQUE

프랑수아즈 사강　베르나르 뷔페 그림　백수린 옮김

아온

차례

일러두기

- 주석은 모두 옮긴이의 것이며, 본문 하단에 각주로 표기했습니다.
- 본문 속 손글씨는 삽화가의 작품을 그대로 반영한 것이며, 그 옆에 한글로 작게 그 뜻을 표기했습니다.

Bernard Buffet

SAGAN

1957년 여름, 교통사고를 당하고 난 후 석 달 동안 나는 '875'라고 불리는 모르핀 대용 약제, 팔피움을 매일 처방받아야 할 정도로 불쾌한 통증의 포로로 지냈다. 석 달 뒤에는 약물 중독 증세가 심해져 전문 의료 시설에 입원할 수밖에 없었다. 입원 기간은 짧았지만 그동안 일기를 썼는데, 며칠 전 나는 그 일기를 발견했다.

En été 57, après un

accident de voiture, j'ai eu

durant trois mois le pied ~~atteint~~ de

douleurs suffisamment désagréables

lorsqu'on me ~~[illegible]~~

quotidiennement

donnait un suppositoire de la

morphine appelé ~~le tel~~ R 875 4-

Palfium

(Palfium). Au bout de ces trois mois

j'étais suffisamment intoxiqué

pour qu'un sevrage dans une

clinique spécialisée s'imposât.

Ce fut un séjour rapide ~~[illegible]~~ mais au

cours ~~[illegible]~~ duquel

j'écrivis le journal que j'ai

retrouvé l'autre jour.

Dimanche

일요일

입원 이틀째. 하늘은 파랗고, 포플러나무들이 바람에 흔들리지만 시골에 와 있다는 느낌은 크게 들지 않는다.

Nuit Terrible

끔찍한 밤.

새벽에.

간호사를 찾으러 아래층에 갔던 모양이다. 정신을 차려보니 망연자실한 채 계단에 주저앉아 있었다. 어린아이 같은 목소리로, 간호사에게 여섯 시간이 넘었다는 둥 몇 번이나 같은 말을 되풀이하면서. 간호사와 함께 병실로 올라오면서 쇠약해진다는 게 이런 것이구나 하는 느낌을 받았다.

결국, 간호사는 수간호사에게 문의했고(탁월한 선택), 내게 그것(앰풀)을 줬다. 하지만 다른 방법도 있을 테니 더는 이런 식으로 학대받고 싶지 않다. 통증은 나를 작아지게 만든다.

그리고 두렵게 만든다.

Et me fait

Peur –

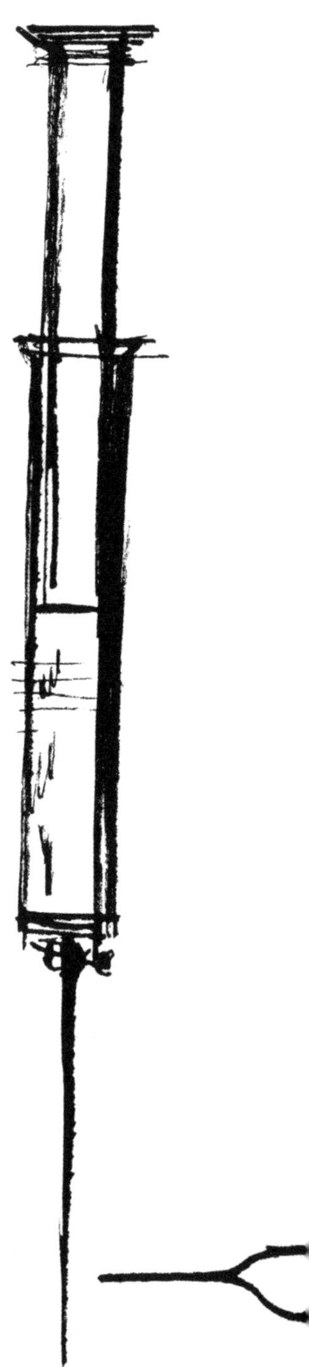

그에 반해 아침엔 기분이 좋았다. 나는 목욕을 하면서 볕에 그을린 납작한 몸과 다시 만났다. 나를 은근히 위로해주는 몸. "걱정하지 마. 해변, 다른 사람들의 육체, 실크 드레스 등을 위해 나는 여기 있으니까."
모렐 박사와 테라스에서 대화를 나눴다. 그림에 정통한, 갈색 머리에 못생긴 어떤 이상한 여자가 다가왔다. 여자는 모렐 박사에게 끊임없이 똑같은 걸 되풀이해 물었다.

엘리자베트(그게 그 여자 이름이란다)는 조현병 환자다. 우리 세 사람의 대화가 나를 기쁘게 한다. 엘리자베트의 기분을 상하지 않게 하려고 무척 조심해야 하지만. 우리는 당구까지 친다. 상류층 지적장애인 장이 지나간다. 어떻게 보면 이 모든 게 조금씩

Supportable

견딜 만해진다.

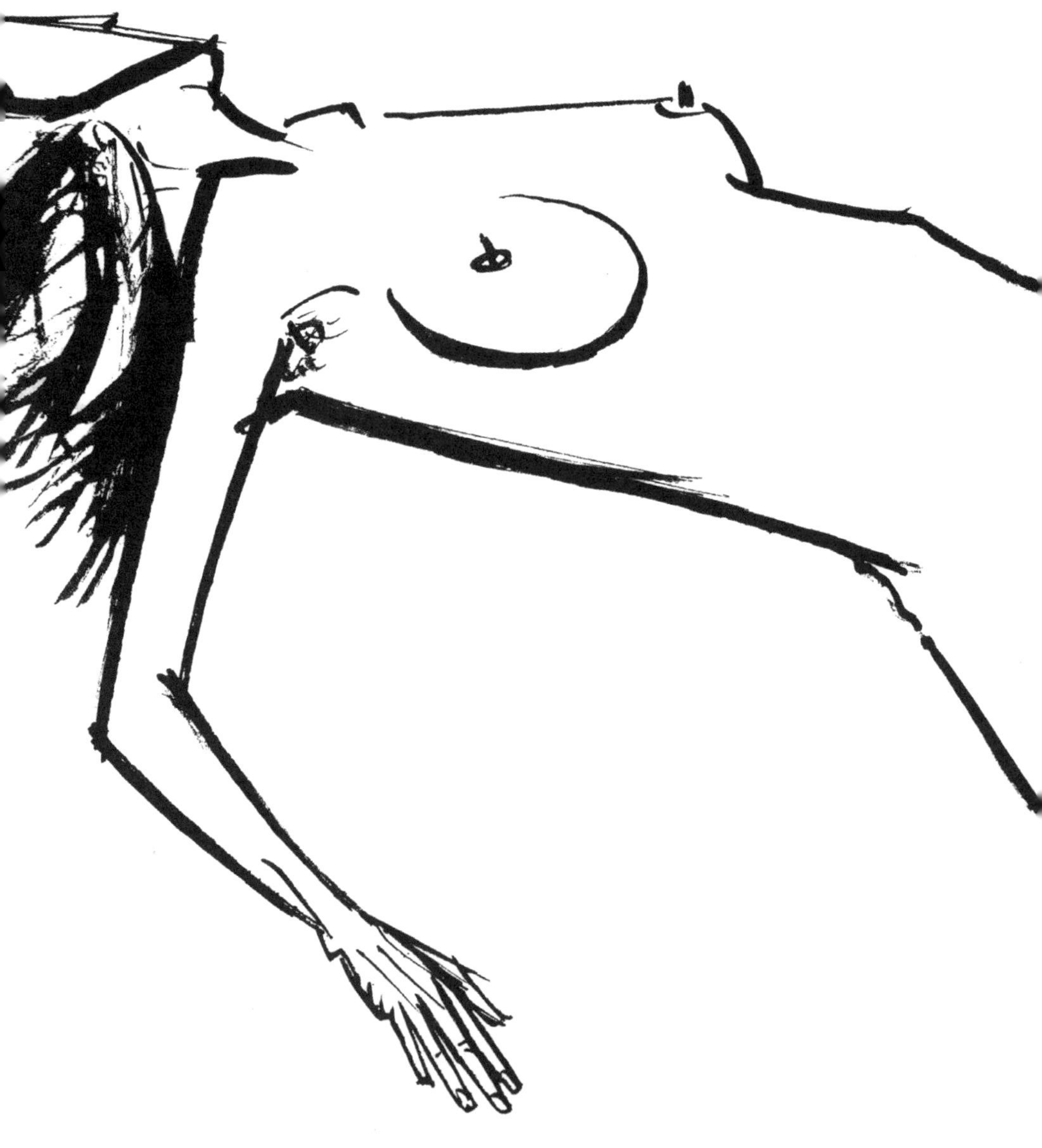

Lundi 월요일

J'ai passé Hier 13 Heures sans Ampoule.

어제는 앰풀 없이 열세 시간을 버텼다.

이건 사건이 틀림없다.

Aprés Midi Tranquille,

고요한 오후,

시적인 아침. 잔디에 누워 따사로운 풀 냄새를 맡아야지. 제대로 약에 취하지 않은 게 못내 아쉽다. 가슴이 먹먹하게 어린 시절을 떠올릴 수 있을 텐데. 아, 풀 향기를 맡으면 어린 시절이 더욱 가까이 느껴진다! 볕에 마른 풀, 개미, 밑에서 올려다본 나무들엔 아직 추억이라 이름을 붙이지 못했다.

흔히 말하듯 심장이 쿵쿵댄다. 속이지 않으려 안간힘을 쓰지만 생각하는 것만으로도 속이려는 마음이 시작된다. 유일한 해결책은 정말 고통스러울 때까지 기다리는 것이다. 지금처럼 신경을 거슬리게 하는 정도가 아니라.
나는 나를 감시한다. 나는 **내 안에 있는**
다른 짐승을 감시하는
짐승이다.

Au Fond de Moi.

잔디밭에서 돌아오는 길에 흐느낌을 들었다. 모든 흐느낌이 비통하지만, 그 소리 또한 그랬다.

분명 아주 젊고 많이 지친 사람이었을 것이다. 나는 그 애통해하는 소리가 들리는 창가 쪽으로 최대한 가까이 다가섰고, 마침내 그 앞을 지나가다 내가 잘못 생각한 게 아니라는 걸 확신한 순간 발걸음을 재촉했다. 사람들에게 알리기 위해 건물을 한 바퀴 빙 돌아서 심각한 얼굴을 하고 사무실에 갔다. 그런데 입구에 들어서자 복도에서부터 똑같은 흐느낌이 들려왔다. 아무도 그 소리를 신경 쓰지 않았다. 의사 두 명과 여자 간호사 두 명은 즐겁게 얘기를 나누고 있었다. 그들은 내게 아무 일도 아니라고 말했다.

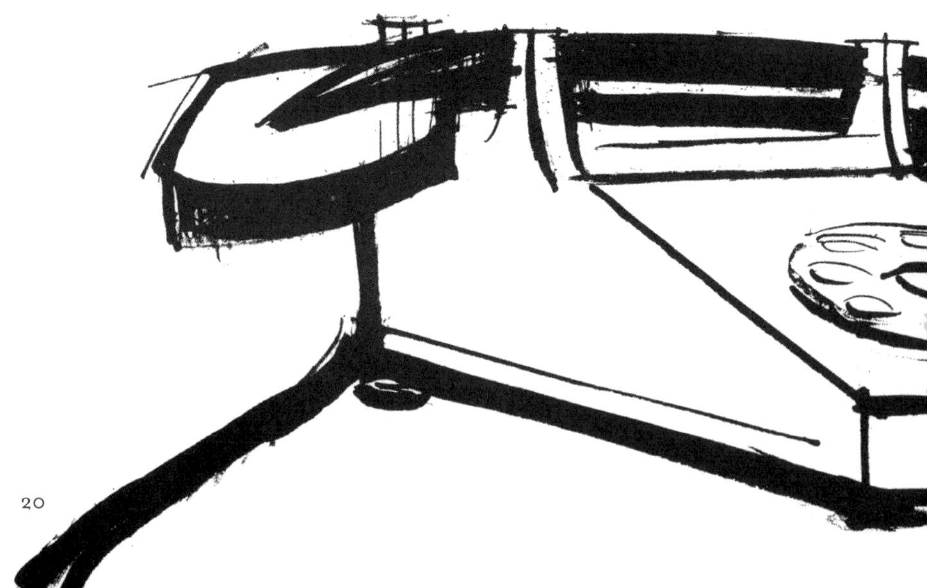

J'ai donc Téléphoné

그래서 전화를 걸었다.

아니발에게. 그 소리에 사로잡힌 채 주저하는 목소리로. 간호사는 내가 안돼 보였는지 복도 쪽으로 난 문을 닫아주었다. 하지만 이미 내가 느끼는 건 음울한 호기심 외에 다른 건 없었다.

Morne et Effrayée.

음울하고 겁먹은.

나 자신과 함께 살지 않은 지 오래되었다.

기묘한 기분이다.

고백하자면 내겐 나하고보다는 함께 시간을 보내면 더 좋을 것 같은 사람이 대여섯 명 있고, 그런 이유로 나는 나 자신과 맺는 관계 앞에서 거만해진다. 때때로 나는 연민을 느끼며 내 손가락을 가지고 논다. 나머지 시간에는 부조리한 싸움을 벌인다. 시간과 **815번**에 맞서.

№ 815

(프랑스 역사를 장식하는 날짜가 아니어서 유감이다. 그럼 알 텐데.)

하지만 이제부터 나 자신과 맺는 행복한 관계는, 자연이 주는 육체적으로 편안하거나 고양되는 몇몇 순간과 다른 존재들을 제외하고, 오로지 문학적일 수밖에 없는 것 같다.

그렇게 작가들은 회계사, 기업가, 그 밖의 일 중독자들과 똑같은 함정에 빠지게 된다. 나중에 무슨 무기력한 고독에 시달리려고……. 그런 생각은 몸서리쳐지게 만든다. M을 비롯한 다른 이들이 여행 잡지에 형편없는 글을 쓰는 데 집착하는 게 이해가 간다.

왜냐하면 마침내, 품에 안을 사람이 더는 남아 있지 않을 때, 그리고 고독이 더는 아무도 주지 않는 일거리와 같은 의미가 될 때,

인생은 서글퍼지니까.

ie doit être triste.

J'Adore Écrire,

나는 글 쓰는 게 몹시 좋다.

건강한 작가가 마지막 문장에 대해 골똘히 고민하며 거만한 포즈를 취하듯, 내가 담배를 입에 문 채 머리 뒤로 손깍지를 하고 의자에 비스듬히 누워 있다는 사실을 문득 깨달았다.

어떤 행동을 하든 도피가 되는 이 방에서,
혹은 숨는 게 되는 내 침대에서 지낸 이후로
내가 처음 취한 것이 틀림없는 '편안한' 자세.

길 위를 걷는 고양이,

들판 위로 뛰어내리는 새 등등.

오늘 아침 읽은 아폴리네르…….

그는 다마스쿠스 부인[‡]이 아닌, 조현병으로 머리는 혼란스러운데
보라색 밀짚모자를 쓰고 자신들을 아주 기쁘게 하는 작은 생각,
아주 굉장한 작은 생각에 사로잡혀 정원의 한적한 길을 거니는
이 온화한 여인들을 어떤 눈으로 바라볼까?

‡ '다마스쿠스 부인'은 아폴리네르의 시 <은하수 오 빛나는 누이여>에 나오는 표현이다.

흔히 말하듯, 정원에 창살이 없었더라면…….

게다가 베리노크와 더 이상 통화가 되지 않으니 화가 난다.

내 심장은 지나치게 빨리 뛰거나, 충분히 빨리 뛰지 않는다.

끝나지 않는 자잘한 계산. 마지막은 7시 15분이었다. 지금은 3시 15분 전. 그러니까 일곱 시간 30분. 45분 안에 기와, 아니발이 도착할 것이다.

두 사람 앞에서 숨이 가빠지면 곤란할 것이다. 지긋지긋하긴 하지만 간단하다. 수화기를 들고 금방 달려올 사람들에게 도움을 청하면 되니까.
어떤 영웅심을 발휘한들, 나는 아무 대가도 없이 그런 행동을 하지는 않을 것이다.

베리노크가 여기 있었으면 좋겠다.

ne Verinoc soit La.

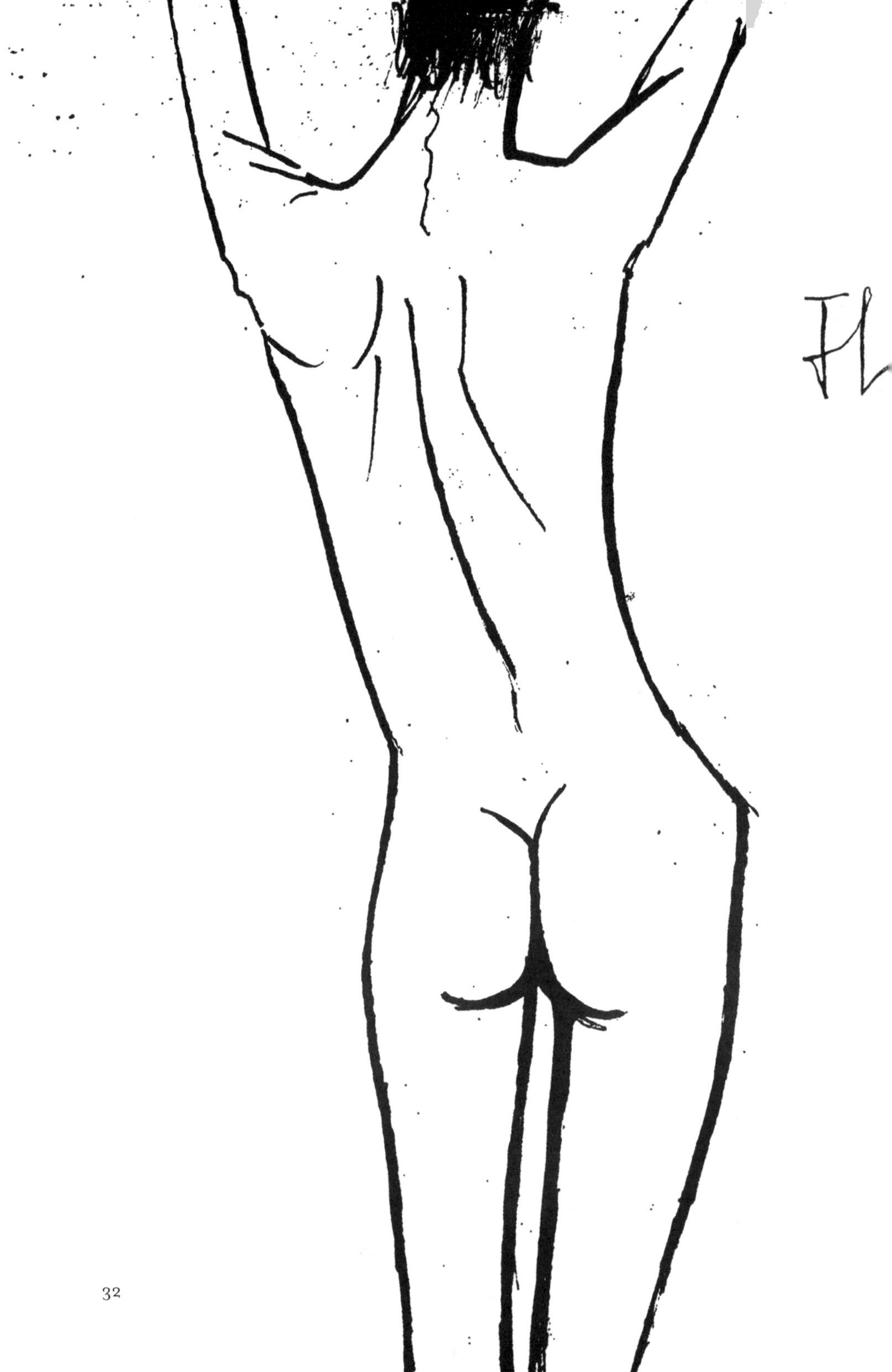

Mardi 화요일

rait que ca va Devenir Plus Difficile.

아마 더 힘들어질 모양이다.

정말 그런 것 같다. 아침부터 숨이 차다. 그래도 포기하면 안 되는가 보다. 발작을 일으킬 때마다 기분이 끊임없이 오르내린다. 수화기를 들고, 담대한 모습을 유지하며, 도저히 이렇게는 살 수 없다고 차분하게 설명하면, 그들은 무언가를 해줄 것이다. 내가 떠날 순간을 늦출 그 무언가를. 나를 위해 내가 하는 모든 일이 나에게 반대로 작용한다. 그것은 꽤 **끔찍한 일이다.**

Epouvantable.

GIN
OLD
VAT

오늘 아침에는

Jimmy's,

지미스의 계단을 기억해내고는 길 위에서 잠시 즐거움을 느꼈다. 그 바에서 나는 얼마나 즐거웠던가. 얼마나 잘 웃었던가. 그곳은 얼마나 어둡고 친밀한 아지트였던가. 무기력하고 불규칙하게 뛰는 심장 때문에 나도 모르게 주의를 기울이며 혼자서 걷는 이 길로 나를 인도하는 그 모든 것. 이렇게 나는 벌을 받고 있다. 인과응보를 믿지 않던 내가.

나의 주정뱅이 형제들, 파리의 밤을 함께했던 사람 좋고 다정한 무리들이여, 이제는 더 이상 당신들을 이 바에서 저 바로, 이 자동차에서 저 자동차로 따라다니지 못하겠군요. 아니면 술을 조금도 마시지 않고 따라다니거나. 하지만 그건 안 될 듯해요.

그런 건 슬플 것 같거든요.

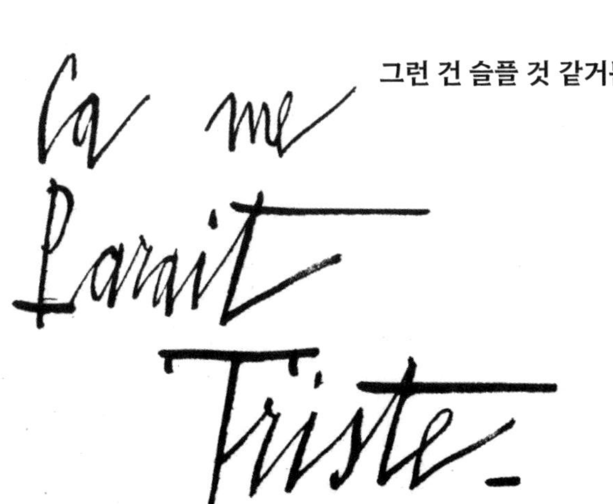

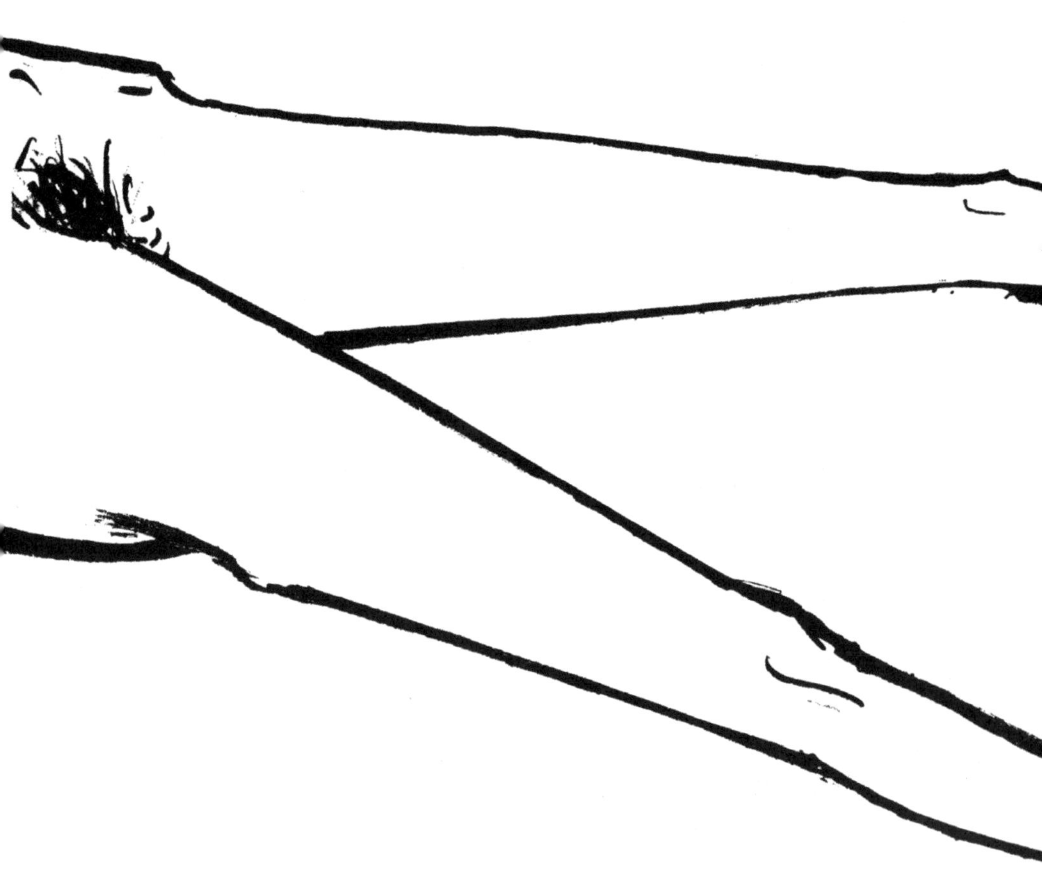

내 다리에 가해진 훨씬 더 끔찍한 이 위협이 없었다면 나는 절망에 빠지기까지 했을 것이다.

“작은 것 하나만 더요.”

고야는 페리에를 삼키는 내 모습을 경멸하며 바라볼 것이다.

술을 완전히 역겹게 만들어주는 이 치료를 받는 건 분명 내게 이로운 일이다.

하지만 더울 때 마시는 차가운 화이트 와인은? 추울 때 마시는 레드 와인은?

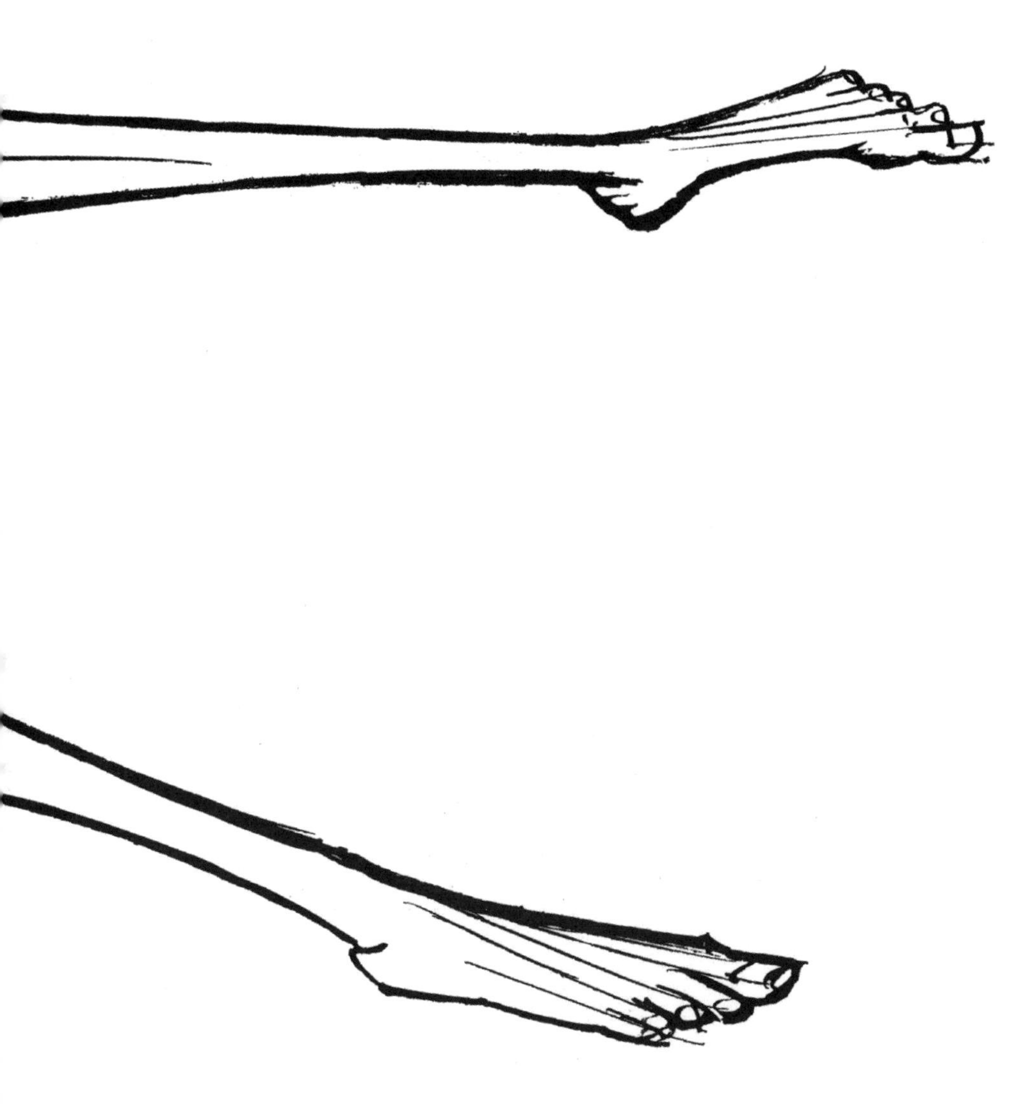

오늘 오후, 나는 평소보다 더 오래 기다린 탓에 지쳤다.

지금은 4시 반. 다른 사람들이 곧 도착할 것이다.

모렐이 내게 지능 테스트지를 건넸지만 아직 용기가 나지 않는다. 테스트가 좀 길어 보인다. 테스트를 본 후 그가 지능이 형편없다고 말하면 내가 믿지 않을까 걱정이다. 그건 좀 딱한 일이다. 하지만 아주 조금.

SAGAN

목요일

앰풀 반 개. 차도가 있다. 몸 상태가 그렇게 나쁘지 않다. 보들레르에 관한 바보 같은 책 한 권, 추리소설 세 권, 샤토브리앙, 아폴리네르를 읽고 있다. 원래는 책을 잡으면 끝까지 읽는 편인데 지금은 집중이 잘 되지 않는다.

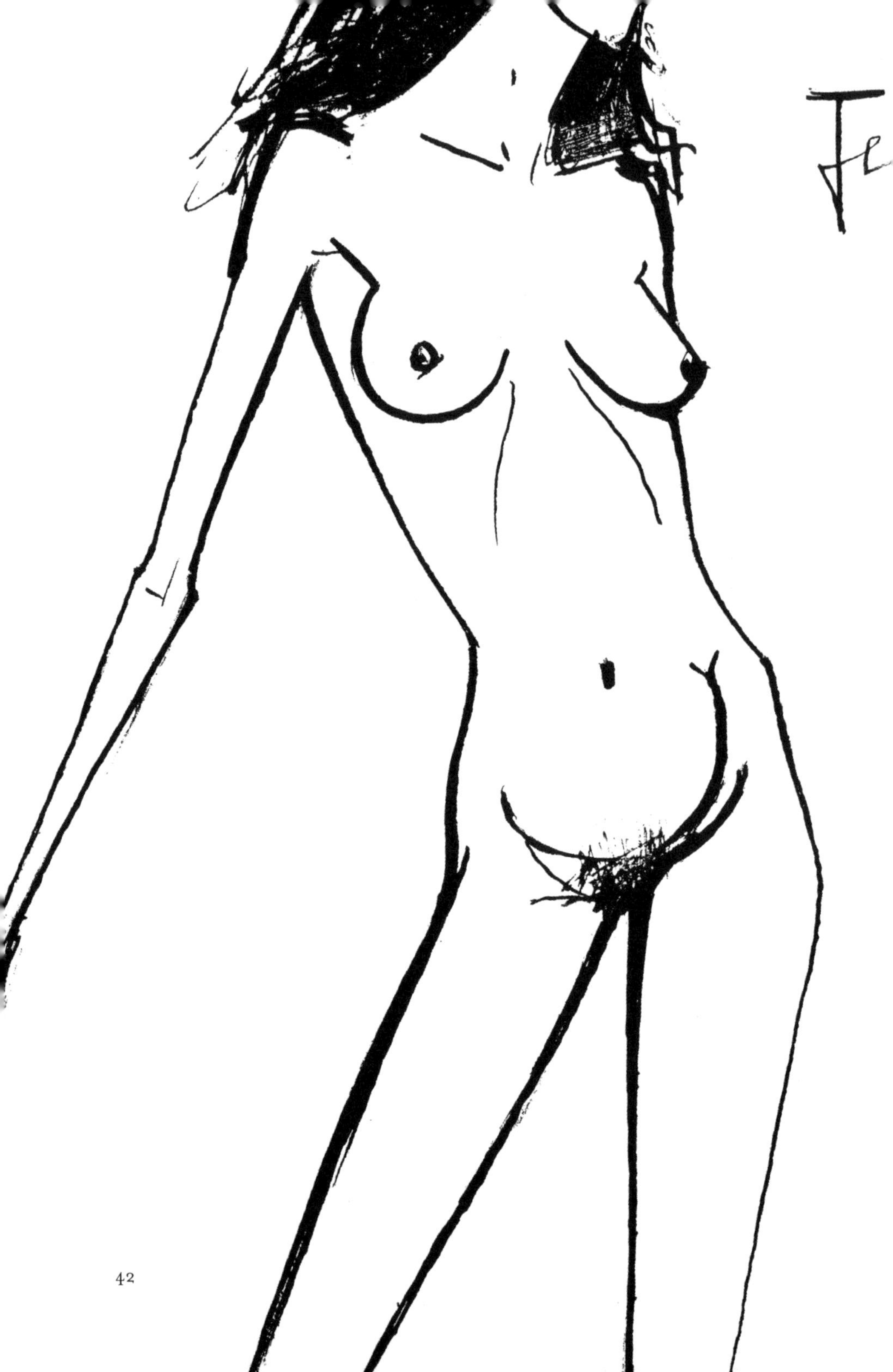

rois que je ne suis plus
mourense de Personne -

나는 더 이상 아무도 사랑하지 않는 것 같다.

이 무시무시한 사실은 행갈이를 해서 써줄
가치가 있다. 나는 나도 모르게, 어떤 일이 벌어지든,
문학적으로 생각하거나 글을 쓴다.

나는 남은 할 일이 무엇인지 알고 있다.
내게 반하고, 나를 돌보고, 햇볕에 몸을 그을리고,
근육을 하나하나 다시 키우고, 옷을 차려입고, 끝없이
내 신경을 달래고, 나에게 선물을 하고, 거울 속의 나에게
불안한 미소를 지어 보여야 한다. 나를 사랑해야 한다.
틀림없이 1958년의 어느 행인이 정신분열로 이렇게
천천히 추락하는 걸 막아줄 것이다.
그리고 틀림없이 그렇게 있을 것이다.

?

휴가, 휴가…….

Vacances, Vacan

모렐은 참 친절하고, 나는 그가 퍽 좋다. 어제 그는 내게 오르샤르 테스트[‡]를 해보라고 권했다. 나는 "네"라고 답했지만 걱정이 되지 않는 것은 아니었다. 날씨가 좋고, 잔디는 푸르며, 연못 위엔 모기들이 득실거린다. 그리고 내 안에서는 작은 무언가가 흔들리고 있다.

무통의 인공 낙원이여, 나는 더 이상 그대를 경험하지 못할 것이다. 피피나 펠릭스가 능숙한 동작으로 파란 글자가 쓰인 작은 앰풀 병의 목을 따는 모습을 더 이상 보지 못할 것이다. 아주 온순해 보였지만, 그렇지 않았던 작은 앰풀들. X가 아마 그렇듯이 해롭지만, 아니발이 정말 그렇듯이 안도감을 주는 앰풀들. 아니발은 내게 검정색 셰틀랜드 모직 스웨터를 사주었다. 그 누구에 대해서도 말하지 않겠다고 결심하지 않았더라면 이 일기에는 아니발과 햇볕에 그을린 피부 위에 걸친 검은 셰틀랜드 스웨터에 대해서 찬양하는 길고 긴 성가를 시작했을 것이다.

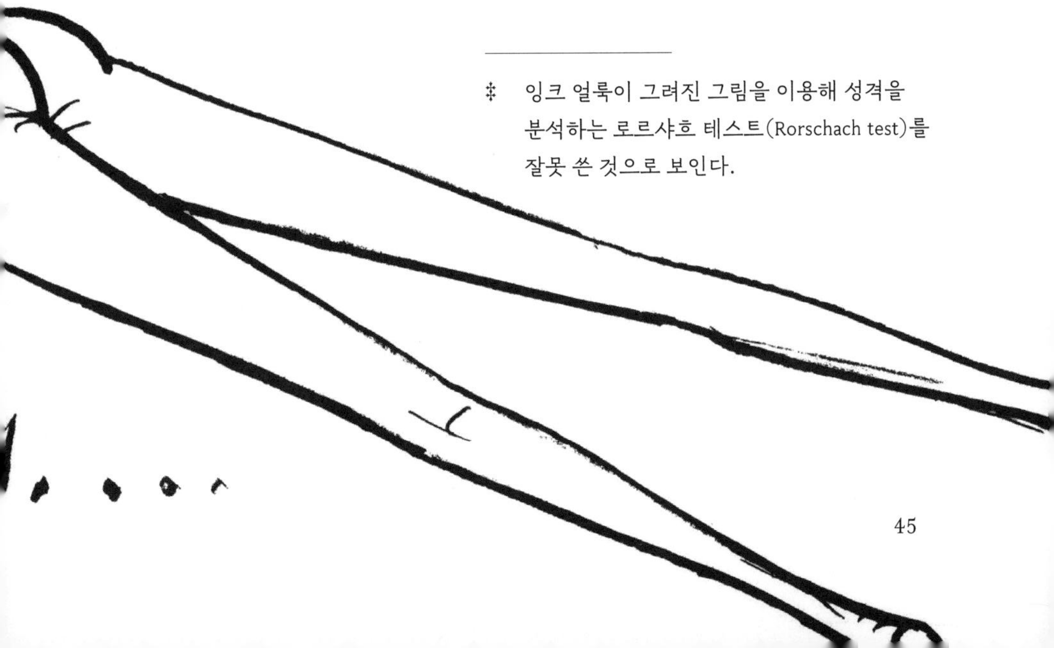

‡ 잉크 얼룩이 그려진 그림을 이용해 성격을 분석하는 로르샤흐 테스트(Rorschach test)를 잘못 쓴 것으로 보인다.

노(?) 부인이 이틀 치를 더 준다.

근사하군. 수면 치료 때문이다.

사흘간 자기.

오로지 먹기 위해서, 그리고 햇볕을 쬐기 위해서만 일어나는 건 매력적인 일이지. 하지만(그러고 보면 나도 참 어지간하다), 그렇게 하는 건 사흘을 도둑맞는 것 같다는 기분이 동시에 든다. 내 인생의 사흘. 침대와 소파만 오가고, 조금 답답해하면서, 다른 것에 대해 생각하려고 애쓰며 보내게 될 시간. 대체 왜 잠을 자지 않는 거지?

이 끝없는 탐욕,

이 끝없는 호기심…….

Cette éternelle Avidité

Cette éternelle curiosité

보들레르에 관한 책은 정말이지 정신박약 수준이다. 팔에 통증이 생겼다. 나쁜 징조. 셀린의 책은 꽤 어처구니가 없다. 사실 이 책은 이런 질문을 던진다. 여기에서 나가면 나는 셀린에게 10만 프랑을 가져다줄 수 있을까, 없을까? 주의 깊은 독자라면 누구나 스스로에게 물어봐야 할 질문인 것 같다. 볼로레[‡]의 경우, 그는 루쿰[‡‡]이 누구인지 찾는 대신 수표를 손에 쥐고 신나게 벨빌로 발걸음을 재촉해야 했다.

반응의 부재. 나는 나를 속인다. **여기에서 나가면 내가 셀린에게 10만 프랑을** 가져다줄까?

100.000 Francs a Céline en sortant d'ici ?

아니지. 그렇다면?

그런데 만약 내게 비서가 있었다면 그렇게 했을 것이다.

‡ 전후 시대를 살았던 프랑스의 출판 발행인인 볼로레를 가리키는 듯하다. 훗날 루이 페르디낭 셀린의 독일 3부작 중 《북쪽》 원고를 구입하기도 했다.

‡‡ 셀린의 독일 3부작에 등장하는 인물로, 문학평론가인 장 폴랑을 모델로 했다고 알려져 있다.

수십 개의 작고 부수적인 반응들에 의해 균형이 맞춰지는 이곳에서 끔찍하게도 반응이 없다는 사실. 어제 나는 자크와 이것에 대해 이야기를 나눴다.

Je Méprise, agréable

내가 이곳에 얼마나 머물든 간에, 그리고 내가 여기에 평생 머문다고 해도 (그럴 가능성도 많지만) 갖지 못하고 앞으로도 갖지 못할 보잘것없는 반응들. 하지만 이런 의도들, 우회적인 말들을…….

나는 무시한다. 기분 좋게 무시한다.

nt, Je Méprise.

드디어 그날이 왔다. '그것 없이 보내는' 날. 잠드는 게 끔찍하게 힘들었다. 졸린 기운에 목욕을 비틀거려가며 간신히 했다. 밤은 그래도 이 자오선 아래에서 아주 까맣다.

금요일

이제 가야 한다. 조금 지겹다. 정말 지겹다. 비가 찔끔찔끔 내렸고 나는《피가로》를 읽었다. 세상에서 가장 긍정적인 사람도 우울해지겠네. 수화기에서 들리는 베리노크의 목소리. 전해줄 소식이 아주 많은 눈치다.

앙투안을 사들이면서, 문제가 시작되었다. 의기소침해졌던 날, 내가 강변에서 샀던 세터와 달리 털에는 이상이 없기를. 털이 붉고 아주 온순하며 잘 깡충댔지만 불치병에 걸려 있던 세터.

어쩌면 이 하찮은 일기를 쓰는 것 말고 다른 방식으로 내 문학 활동을 해야 할지도 모르겠다. 단편? 그래, 그런데 뭘 쓰지? 도입부가 서른 개나 떠오르는데 결말은 없다. <누워 있는 남자>도 나쁘지 않았다. <어느 저녁>도. 그렇지 않다면…….

피와 검이 난무하는 에스파냐 혹은 보르지아(?) 가문이 지배하던 피렌체에서 벌어지는 일들에 대해 쓰고 싶다. 하지만 안 되겠지.

내 전문 분야는 '그는 잔에 커피를 부었다. 커피에 우유를 넣고 설탕을 넣고, 어쩌고저쩌고'인 것 같다. 서글픈 일상, 프레베르, 뷔페, 소중하디 소중한 이 시대? 사르트르, 아무도 착하거나 악하지 않다. 하긴 어떻게 그럴 수 있겠는가? 지루함, 날개 아래로 고개를 감춘 아름다운 사랑, 그것에 대해 우리는 무엇을 알 수 있나? 왜 알려고 하나 등등.

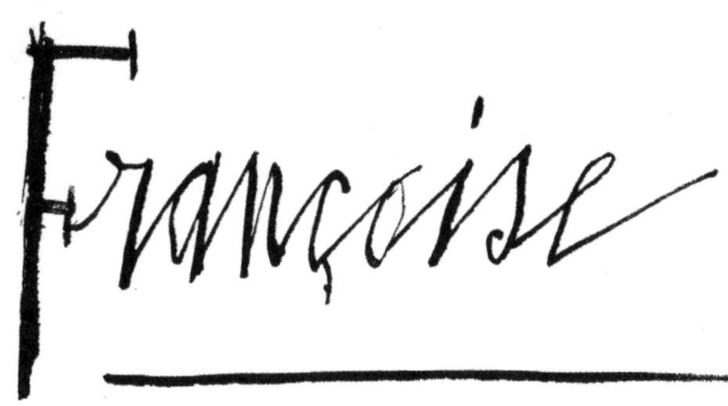

프랑수아즈

좋아, 아주 좋아. 내 관심사는 이거다.
단편소설을 써야지. 문제는 '계획'이라는 생각만으로도 심장이 쪼그라든다는 사실이다.

비가 내린다.
"아, 삶은 얼마나 느리고, 희망은 얼마나 격렬한가."
아, 아폴리네르는 얼마나 아름다운가.

아, 나는 얼마나 지루한가.
그냥 도망쳐버릴까? 어쩌면.

빗줄기, 비가 퍼붓는다. 점심이 늦춰졌다. 햇살을 머금은 비로 불투명해진 창문. 아름다워졌다는 걸 인정해야겠다. 화를 잘 내고, 태양에 매혹된 눈부신 비, 전날 풀이 베였다는 데 위안을 느끼는 잔디밭, 이 자리에 있다는 데 잠시나마 위안을 느끼는 나…….

"비가 온다, 참 멋지네, 사랑해, 우린 집에 있자, 이런 늦가을 날씨에는 우리끼리 있는 것만큼 즐거운 건 없을 테니."

착각하는 게 아니라면 카르코의 시가 맞을 거다. <집시 여인과 내 사랑>. 누구를 사랑하는지는 모르겠지만 내가 집에 있으리란 건 확실히 알겠다.

한 시간 동안 자려고 노력했다. 설마 이곳에서 일주일 더 지내게 되는 건 아니겠지.

너무 길다. 비는 그쳤다. 아래층 분수가 제 목소리를 되찾았다.

머리카락을 자르고 싶다. 머리통을 잘라내고 싶다. 지쳤다. 기가 몇 시에 들른다고 했는지, 나는 몇 시에 잠들 수 있을지 모르겠다.

짜증 난다. 아니발과 베리노크가 앙투안을 데리고 들를 것이다.

비가 다시 온다. 카르작‡에서는 물론 내가 하품하고 있는 이 창문 앞에서만큼이나 할 일이 없을 것이다. 정신 나간 남자 간호사가 비를 맞으며 길을 걷는다. 담배 파이프가 손에서 미끄러져 창가로 굴러떨어졌다. 나는 아무런 움직임 없이 파이프가 우연히 심연의 가장자리에 멈추기를 기다렸다. 마치 벌어지고 있는 사건에 홀린 듯, 미리 끼어들지 못하고. 호기심. 생각해보면 나는 늘 그랬던 것 같다. 차를 탔을 때만 빼고…….

---

‡ ‘카르작(Carjac)’은 사강이 나고 자란 ‘카자르크(Cajarc)’를 잘못 쓴 것으로 보인다.

"여전히 유리창 위로 빗물이 흐르는 큰 집에서 슬픔에 잠긴 아이들이……"

큰비가 온 뒤에 읽는 랭보. 잘 알던 앙다유 해변에서 이 시들을 읽으며 혼자 앉아 있었던 어느 아주 이른 오후가 생각난다.

아주 커다란 행복.

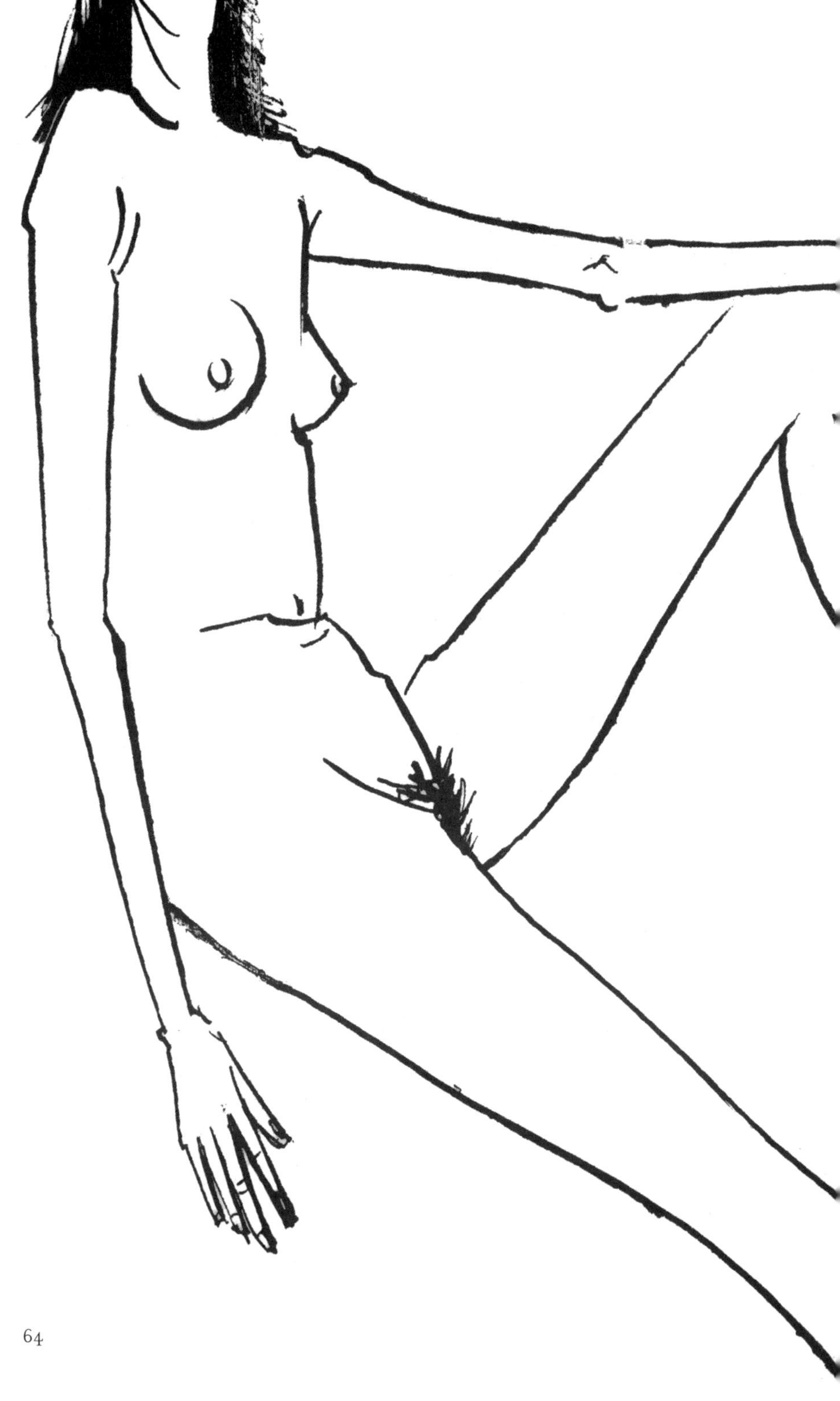

아주 더웠고, 그 시들은 책과 누에콩과 무지개에 관한 것이었다.

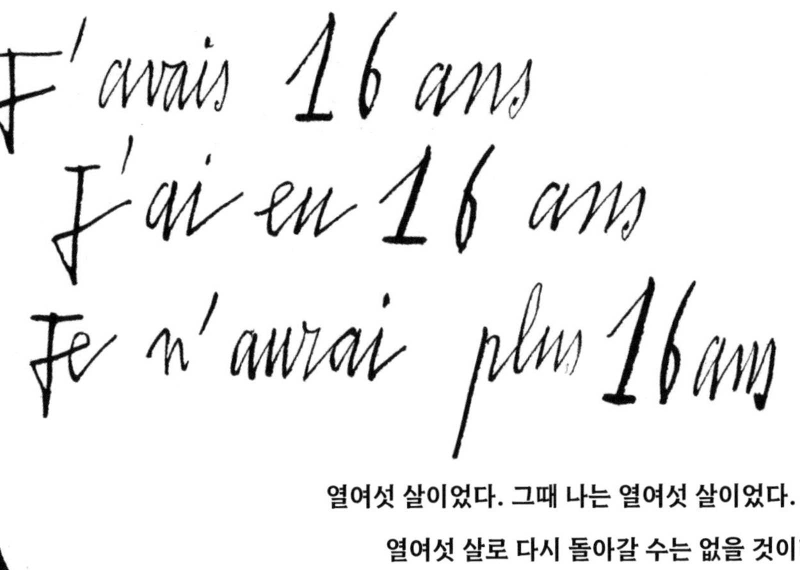

열여섯 살이었다. 그때 나는 열여섯 살이었다.

열여섯 살로 다시 돌아갈 수는 없을 것이다.

젊음 그 자체라고 믿는 내가.

사실 나는 늙지 않았다.

나는 아무것도 포기하지 않았다.

Je n'ai Renoncé à Rien

나는 어떤 것들을 배웠다. 어쩌면 속임수였을지도. 그런데 언제쯤이면 내게 애스턴을 몰 힘이 생길까? 포르트 마요 교차로를 속력을 좀더 내서 달릴 힘이……. 도로와 광장들이 모두 그립다.

돌진하는 그 검은 보닛, 믿음직스럽고 정겨운 그 소리, 약간 길쭉한 재규어, 약간 묵직한 애스턴. 너희 때문에 죽을 뻔하고 나니 너희가 죽도록 그립구나.

Bien Humain

아주 인간적이야.

아니발과 베리노크가 방금 돌아갔다. 아주 근사하고 유쾌한 베리노크, 나는 그녀를 사랑한다. 앙투안과 아니발은 무척 행복해 보였다. 한쪽은 머리가 빨갛고, 다른 쪽은 털이 갈색이었다.

자야지.

그들과 함께 택시에 탔으면 참 좋았을 텐데.

예전에 나는 하고 싶은 건 다 하고 살았다. 지금은,

더 이상 아무것도.

속상하다.

나에게 중독 치료 표창이라도 주려나 보다. 모두가 내 용기를 칭찬하고 나는 행복하게 웃는다,

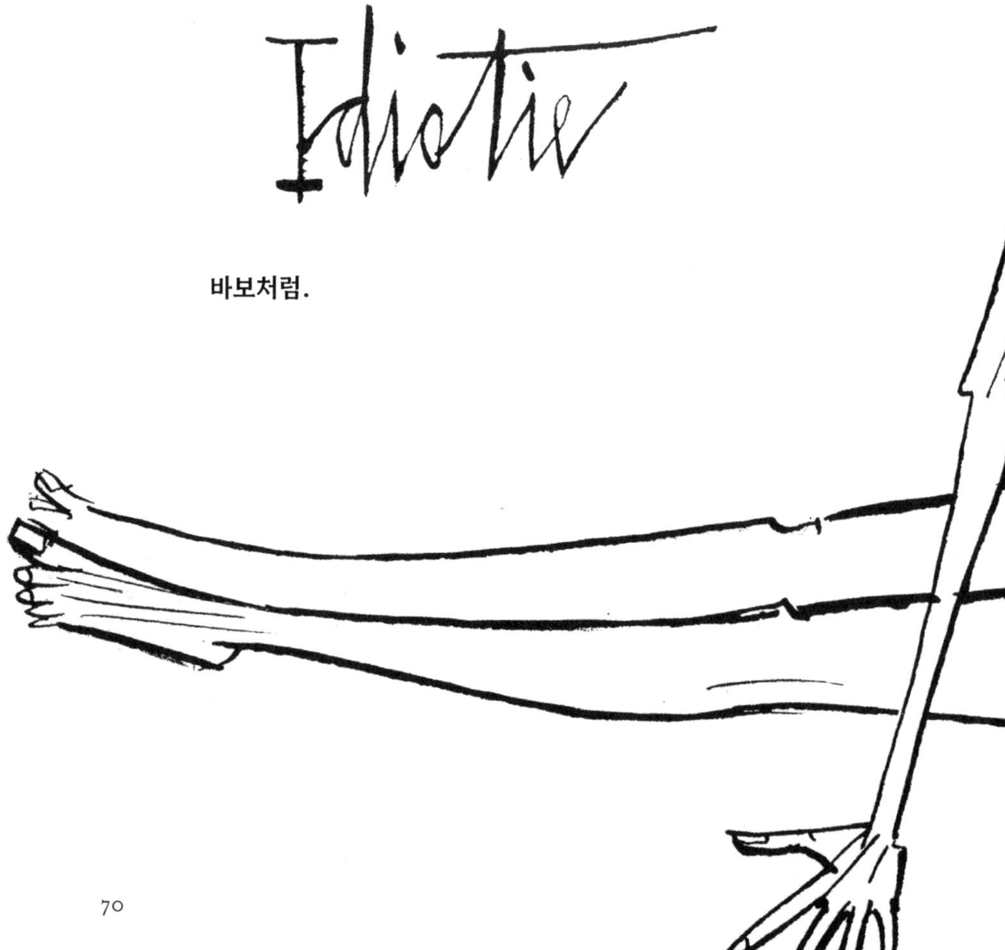

바보처럼.

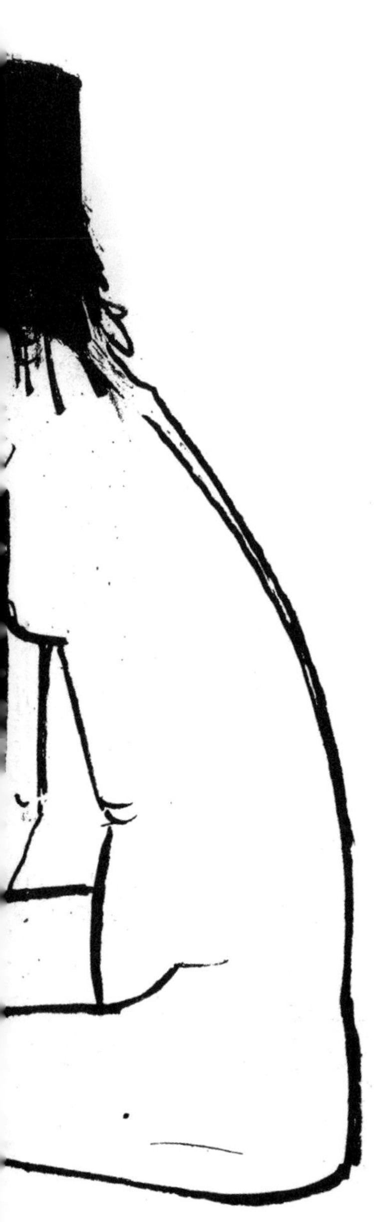

잠을 잘 수가 없다. 수면제를 잔뜩 먹었는데도 눈을 붙이지 못한다. 한숨도 못 잤을 때와 비슷한 상태. 기분이 아주 좋지도 않고 그 반대도 아니다. 머리가 빙글빙글 돌고 걸음은 휘청휘청, 속은 텅 비었다. 이 푸른 잔디는…….

나는 잔디를 증오한다. 다시는 풀을 보지 않을 거다. 영국에 가지 않을 거다.

Excellent Sandwich

훌륭한 샌드위치.

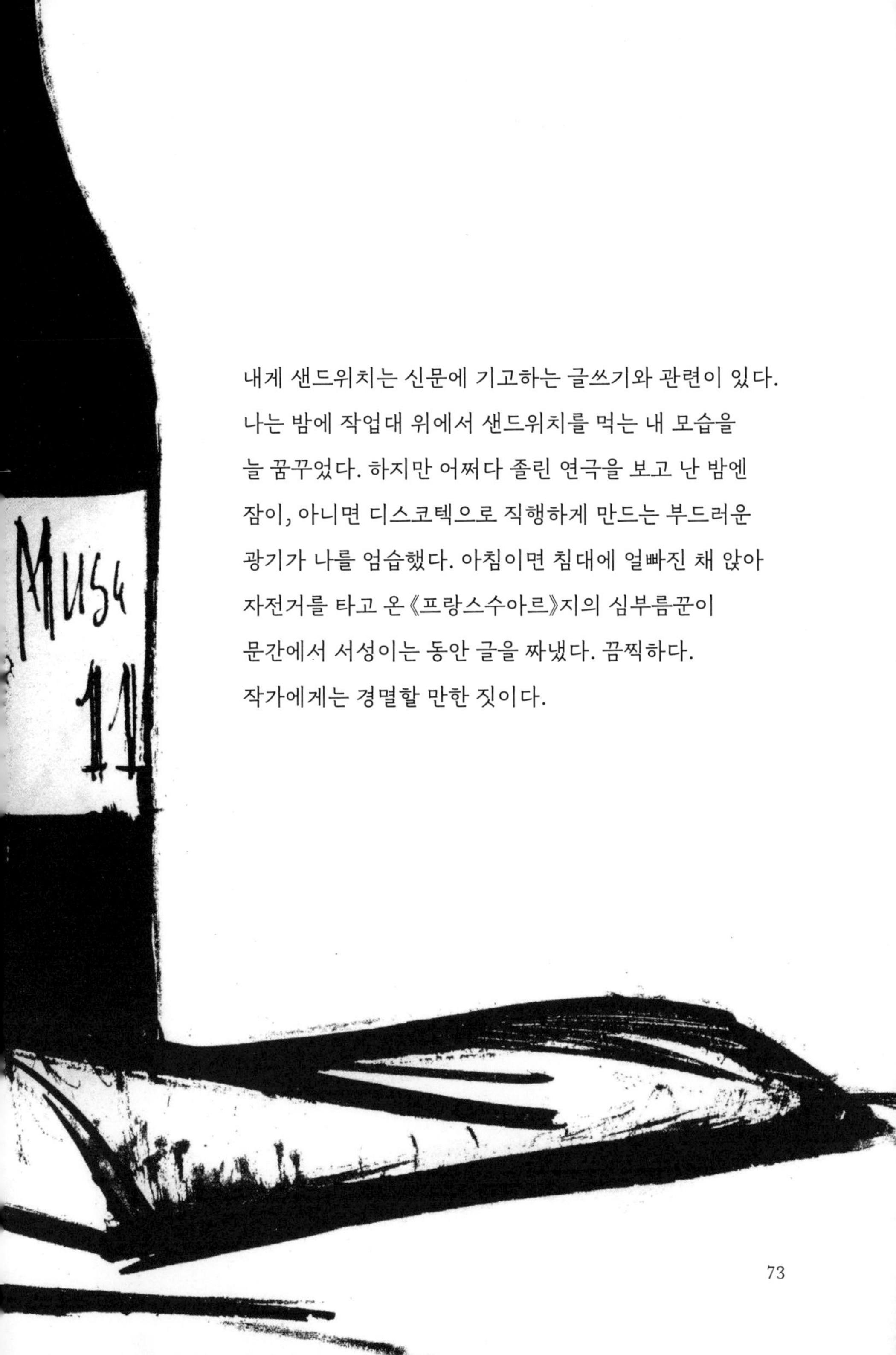

내게 샌드위치는 신문에 기고하는 글쓰기와 관련이 있다. 나는 밤에 작업대 위에서 샌드위치를 먹는 내 모습을 늘 꿈꾸었다. 하지만 어쩌다 졸린 연극을 보고 난 밤엔 잠이, 아니면 디스코텍으로 직행하게 만드는 부드러운 광기가 나를 엄습했다. 아침이면 침대에 얼빠진 채 앉아 자전거를 타고 온《프랑스수아르》지의 심부름꾼이 문간에서 서성이는 동안 글을 짜냈다. 끔찍하다. 작가에게는 경멸할 만한 짓이다.

게다가 그 연극은 정말 형편없었다…….

페리에와 프랑수아가 출연했던 그 작품을 나는 이탈리아 남자와 함께 보러 갔는데, 너무 늘어지는 데다 무대배경을 보고 있으려니 조금씩 구역질이 났다. 나는 비탈리의 연극이 더 좋았다. 적어도 극장은 예뻤고 거기엔 멋진 니코와 기, 못생긴 여자가 있었다.

더 유쾌했다.

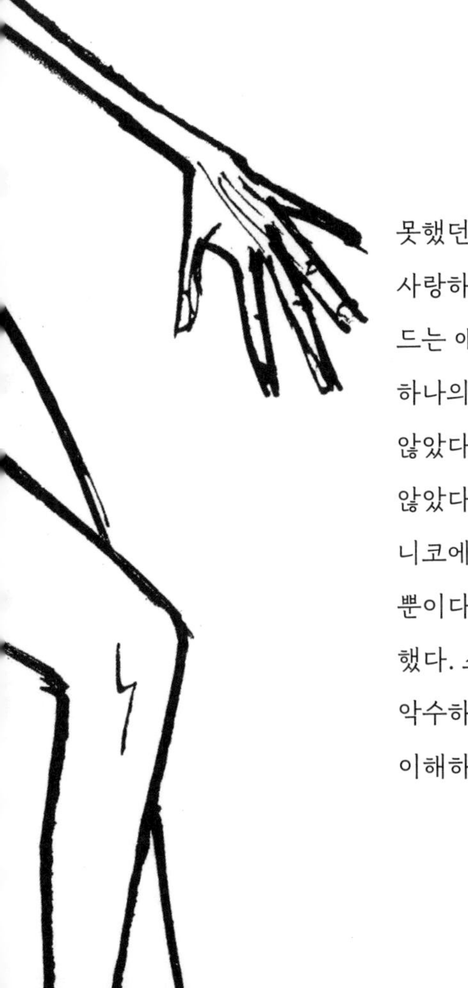

나는 왜 항상 상황 속으로 뛰어들지 못했던 걸까? 예를 들어, 나는 거기, 내가 사랑하는 남자와 세 열이 떨어진 곳에 마음에 드는 애인과 함께 앉아 있었다. 바로 이런 게 하나의 상황이다. 그렇지만 아무 일도 일어나지 않았다. 내 머릿속에서는 아무것도 연결되지 않았다. 나는 '어, 기가 별에 좀 탔네? 엘렌이 니코에게 다정하게 구네' 하고 생각했을 뿐이다. 그저 침착했다. 오리올과 악수를 해야 했다. 소맷부리의 장식이 근사하긴 했지만 나는 악수하는 데 무슨 재미가 있다는 건지 도무지 이해하지 못했다.

유쾌한 팀원들과 가슴 뛰는 당구 한판. 그들 사이의 온화하고 예절 바른 태도를 지켜볼 만하다. 건강한 사람들에게 추천할 만하다. 엘리자베트는 못생긴 얼굴에도, 아니면 그런 얼굴 때문인지 교양이 넘치는 여자다. 그녀는 내게 프루스트가 레날도 안에게 보낸 편지에 대해 얘기했다. 잠을 자려고 헛되이 노력하는 밤. 흔히 말하듯 침울한 날씨.

오늘 아침 사고가 일어났다는데 무슨 일인지 나는 아직 알지 못했다. 몹시 당황한 의사와, 산소통 따위가 홀을 지나가는 걸 보았다. 전화교환원은 내게 무슨 일이 벌어진 것 같으냐고 물었다. 자살인가 보다 추측했지만, 틀렸다. 결국 환자에게 아침 식사로 산소를 마시는 습관이 있나 보다 생각했다.

Ça fait écolière;

Samedi **토요일**

프루스트를, 스완의 열정을, 행복해하며 다시 읽는다. 진정한 행복은, 진실과 산문이 일치하는 순간처럼 드문 일이다. 나는 문학에서 발명은 좋아하지 않는다. 그게 내가 포크너를 읽으며 한 번도 진짜로 감동을 받은 적이 없는 이유다. 그가 만들어낸 괴물들은 나의 것이 아니고, 내 눈에 대서양은 이런 식으로 스스로를 정당화하는 것처럼 보인다. 이 마지막 문장이 무슨 말인지는 나도 모르겠다.

나 혼자 쓸데없는 말놀이를 하는 대신 단편소설이나 써야겠다.

초등학생, 약에 취한 초등학생 같다. 진짜다.

…lière Droguée, Il est vrai.

Lundi 월요일

오늘 아침 바레를 보았고, 나는 내일 이곳을 나간다. 환희의 한순간이 지나가자 기분이 나빠졌다. 마치 텅 빈 듯한 느낌. 이 건강 타령은 너무 길다. 나는 더 이상 아무것에도 의지하지 못하게 된 기분이다, 정말 이상한 기분.

마지막으로, 넓은 잔디밭과 나무들을 바라본다. 그냥 보는 게 아니라 주의 깊게……. 불안에, 아니면 마약에 사로잡힌 사람들은 수백 명이 있고, 신경이 쇠약해진 사람들이 올겨울에, 내년 여름에 이 풍경을 바라볼 것이다.

병은 정말 최악이다.

미슐레의 《프랑스 혁명사》를 읽고 있다. 편파적이면서도 매력적이다. 눈물을 차오르게 하는 순간들이 있다. 지금 당장 떠나고 싶다.

남프랑스로 내려가기 전, 파리에서 보낼 이번 주가 조금 걱정된다. 이곳에서 한 달 넘게 머물면 보호받고 관찰당하고 보살펴지는 데 아주 익숙해지기 때문에, 불안감을 느끼지 않고 떠나는 게 더는 불가능해진다.

Je me di

이 작은 해독 일기는 여기에서 끝난다. 중독 치료는 아주 가벼웠고 일기는 유익했을 것이다. 나는 본격적으로 삶을 살아가고 글을 쓸 것이다. 이 일기를 끝내기 위한 교훈적인, 혹은 교훈적이지 않은 마지막 문장을 찾지 못하겠다.

나는 나에게 말한다. 잘 가.

Au revoir;

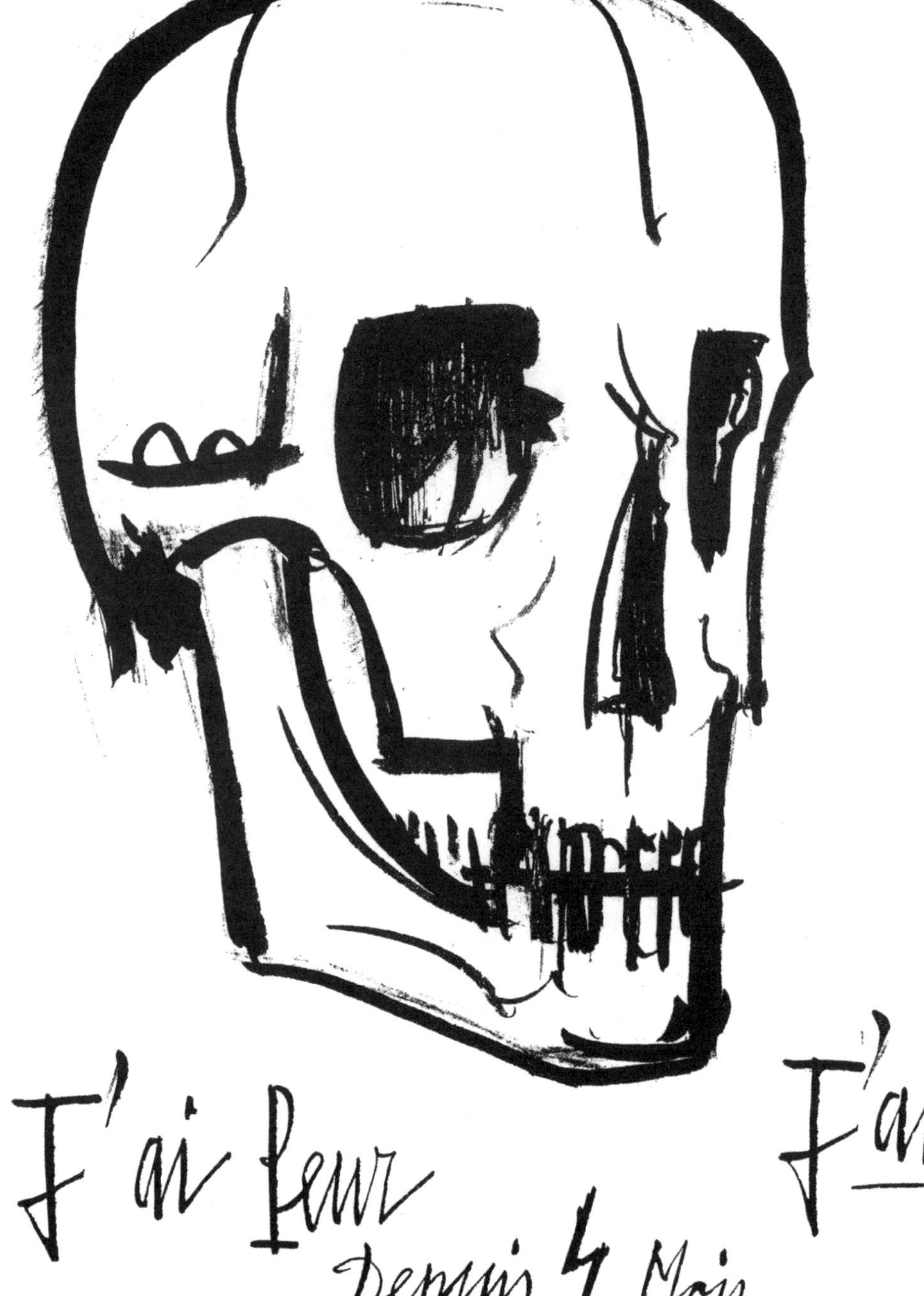
J'ai Peur
Depuis 4 Mois
J'ai

이 일기를 완성하기 위해서는 나 자신에게 한 가지를 더 짚어두어야 할 것 같다. 그것은 내가 평범한 생각에 그러듯이 죽음에 대한 생각에 조금씩 익숙해졌다는 사실이다. 이 병이 낫지 않는다면 염두에 둘 하나의 흔한 해결책처럼. 나를 두렵게도 하고 혐오스럽게도 하지만 죽음은 일상적인 생각이 되었고, 만약의 경우 직접 실행에 옮길 수 있다는 생각이 들기도 한다. 슬픈 일이지만 필요한 일일 것이다. 내 몸을 오래 속이는 일은 불가능하다. 자살하는 것. 맙소사, 때때로 우리는 얼마나 혼자가 될 수 있는지.

경련이 났다. 오른손에서 경련이 일어났는데 너무 무섭다. 내일 아침이면 이곳을 떠난다, 그 생각만 하자. 지금부터 1년이 지나면, 같은 것만 생각하자. 나쁜 기억.

넉 달 동안 나는 두려웠다.

두렵고 두렵다는 게 나는 지겹다.

eur et je suis Lasse
d'Avoir Peur.

옮긴이의 말

쓰기를 멈추지 않는 진정한 작가, 그의 편린이자 삶 그 자체인 이야기

열정적인 삶은 많은 이가 동경하지만 아무나 살아낼 수 있는 것이 아니다. 매혹적인 만큼 때로는 자신의 인생 전체를 판돈으로 걸어야 할 정도로 위태로운 일이니까. 그러므로 나이가 들고, 지켜야 할 것이 늘어날수록 우리의 선택은 열정보다는 안정 쪽으로 기울게 마련이다. 하지만 그렇다 한들 안락하게만 느껴지던 단조로운 삶이 물기 먹은 솜이불처럼 짓누르는 날이 아예 없는 것은 아니라서, 우리는 우리와 달리 자유롭고 열정적으로 살았던 사람들의 생에 쉽게 마음을 빼앗긴다. 국내에 《슬픔이여 안녕》의 저자로 잘 알려진 프랑수아즈 사강이 바로 그런 사람 중 하나다.

사강 하면 떠오르는 것들. 경쾌해 보이는 짧은 머리. 발칙하게 살짝 위로 치켜뜬 눈. 카지노에서 기꺼이 인세를 탕진하면서 도박의 즐거움을 예찬하는 도박광이자 재규어나 페라리를 즐겨 타던 스피드광. 떠들썩한 연애와 이혼, 온갖 사건 사고와 파산. 사강의 삶이 이

토록 드라마틱하다 보니 그녀의 인생을 작품과 떼어놓고 생각하기란 쉽지 않은 일이고, 뜨겁고 요동치는 그녀의 인생은 작품만큼이나 독자의 마음을 사로잡는다.

이 책의 서두에도 간단히 쓰여 있지만,《해독 일기》는 그런 사강이 자동차 전복 사고를 당한 이후 마약성 진통제로 인해 모르핀에 중독되어 병원에 입원해 있었을 때 쓴 일기를 출간한 것이다. 이 짧은 일기에서 사강은 자신의 고통과 불안, 쇠약해져 가는 정신과 죽음에 대한 공포를 직접적인 어조로 말한다. 하지만 그런 중에도 사강은 특유의 유머와 재치를 잃지 않기 때문에 글은 절망스럽거나 너무 무겁게만 느껴지진 않는다. 오히려 이 책을 처음 펼친 독자들을 다소 당황하게 만들 수도 있는 것은 베르나르 뷔페의 그림들일 것이다. 사강의 글보다도 더 파격적이고 날것처럼 느껴지는 흑백의 그림들은 비교적 담담한 어조의 글 너머로 우리가 짐작해볼 뿐인 사강의 괴롭고 헐벗은 내면을 직접적으로 보여주는 듯하다.

일기는 분량이 길지 않고, 괴로운 상태에서 쓴 터라 때로는 구심점 없이 흩어져 있다. 그런데도 이 일기를 읽으며 내 마음이 움직이고 만 건 한 사람이, 한 작가가 문학과 글쓰기에 의지해 고통의 강을 건너가는 여정을 목도할 수 있었기 때문일 것이다. 사강은 그토록 괴롭고 정신이 혼미한 상태에서도 끊임없이 읽는다. 셀린과 프루스트, 아폴리네르와 랭보를. 하지만 그보다 더 주목해야 하는 것은 그녀가 일기를 계속해서 '쓴다'는 사실이다. 불과 3년 전《슬픔이여 안녕》을 출간해 문

단과 대중의 찬사를 받으며 스타덤에 오른 것이 무색하게 현재 사강은 약에 취해 보잘것없는 해독 일기를 쓸 수밖에 없는 상태에 처해 있지만 쓰는 것을 멈추지는 않는다. 사강 자신이 글쓰기가 스스로를 치유해줄 것이라 믿는지는 모르겠지만, 글을 쓰면서 그녀는 천천히 치유된다. 사강이 구원을 원하는지도 모르겠지만, 그녀는 글쓰기를 통해 구원받는다.

중력을 거스르듯 자유분방하고, 탐닉과 충동으로 점철된 삶을 산 듯한 사강이지만, 이 일기를 읽다가 나는 사강이 1954년 강렬한 데뷔작으로 등장한 이래, 1998년까지 거의 1, 2년에 한 번 꼴로 책을 출간한 작가라는 사실을 다시 한번 상기하게 됐다. 소설가가 되어버렸기 때문에 나는 그것이 얼마나 경이로운 성실함인지를 이제는 안다. 그것이 얼마나 선언적인 사랑의 실천인지를.

사강은 언젠가 "작가는 자기 자신과 함께 우리에 갇혀 있는 불쌍한 짐승"이라고 말한 적이 있다. 그런 의미에서 보면, 이 짧은 해독 일기를 통해 우리가 만나는 사람은 어떤 고통스러운 상황 속에서도 자기 자신과 대면하고 스스로를 끊임없이 관찰하며 글 쓰는 일을 멈추지 않는 진정한 작가다. 《해독 일기》를 읽는 동안, 나를 멈춰 서게 한 문장들이 여럿 있었지만 나는 "나는 아무것도 포기하지 않았다"라는 문장 앞에 오래 머물렀다. 언뜻 두려움과 고통의 절규처럼 읽히는 문장들 사이사이, 심연처럼 깊고 어두운 밤하늘에 박힌 자그마한 별처럼 섞여 있는 이런 문장들에서 사강의 생(生)을 향한 의지를 읽어내는 것은 나의 오독일까? 그럴지도 모르겠지만, 어쨌든 적어도 나는 이 짧은 일기를 번역한 후 이것을 읽기 전보다 조금 더 뜨겁게 살아보고 싶어졌다.

2023. 가을

백수린

백수린

2011년 경향신문 신춘문예를 통해 작품 활동을 시작했다. 주요 작품으로 소설집《폴링 인 폴》,《참담한 빛》,《여름의 빌라》, 중편소설《친애하고, 친애하는》, 장편소설《눈부신 안부》, 짧은 소설《오늘 밤은 사라지지 말아요》, 산문집《다정한 매일매일》,《아주 오랜만에 행복하다는 느낌》 등이 있다. 한국일보문학상, 현대문학상, 이해조소설문학상, 문지문학상, 김승옥문학상 우수상, 젊은작가상 등을 수상했다. 옮긴 책으로《문맹》,《여름비》,《여자아이 기억》과 몇 권의 그림책이 있다.

작가 연보

1935 프랑스 남서부의 카자르크에서 태어났다. 본명은 프랑수아즈 쿠아레Françoise Quoirez.

1944 종전 후 가족과 함께 파리로 이주해 루이즈드베티니 학교와 우아조 수녀원 부속학교에 다녔으나 학업 태만 영성 부족 등의 이유로 퇴학을 당했다.

1952 두 차례 시도 후 2차 대학 입학 자격시험에 합격해 소르본 대학교에 입학했다.

1954 《슬픔이여 안녕Bonjour tristesse》을 필명 프랑수아즈 사강으로 출간했다. 열여덟 대학생이 쓴 이 소설은 프랑스 문단에 큰 반향을 일으켰으며, 비평가상을 수상했고 이후 22개국으로 번역되어 500여만 부가 판매되었다.

1956 《어떤 미소Un certain sourire》 역시 수작으로 평가받았다. 에세이 《뉴욕New York》을 출간하였다.

1957 《한 달 후, 일 년 후Dans un mois, dans un an》를 출간한 후 큰 교통 사

고로 차가 전복되어 혼수상태에 들었다가 깨어났다. 통증 때문에 처방받은 진통제로 중독 증상을 얻게 되었다.

1959 《브람스를 좋아하세요… Aimez-vous Brahms…》를 출간했다.

1960 편집자였던 첫 남편 기 쇼엘러와 이혼했다. 희곡 《스웨덴의 성Château en Suède》이 연극으로 공연되어 브리가디에 상을 받았다.

1961 희곡 《바이올린은 때때로Les violons parfois》, 《신기한 구름Les merveilleux nuages》을 출간했다.

1962 미국인 조각가 밥 웨스토프와 두 번째 결혼을 했고 아들 드니가 태어났다.

1963 밥 웨스토프와 이혼했다. 희곡 《발랑틴의 연보랏빛 드레스La robe mauve de Valentine》, 시나리오 《랑드뤼Landru》를 출간했다.

1964 에세이 《해독 일기Toxique》, 희곡 《행복, 홀수번호, 패스Bonheur, impair et passe》를 출간했다.

1965 《패배의 신호La chamade》를 출간했다.

1966 희곡 《사라진 말Le cheval évanoui》, 《가시L'écharde》를 출간했다.

1968 《마음의 파수꾼Le garde du cœur》을 출간했다.

1969 《찬물 속 한 줄기 햇빛Un peu de soleil dans l'eau froide》을 출간했다.

1970 희곡 《풀밭 위의 피아노Un piano dans l'herbe》를 출간했다.

1972 《영혼의 푸른 멍Des bleus à l'âme》을 출간했다.

1973 에세이 《그는 향기다Il est des parfums》(G. 아노토 공저)를 출간했다.

1974 《잃어버린 프로필Un profil perdu》을 출간했다.

1975 대담집 《답변들Réponses》, 단편집 《비단 같은 눈Des yeux de soie》, 사진에세이 《브리지트 바르도Brigitte Bardot》(사진가 G. 뒤사르 공저)를 출간했다.

1977 《흐트러진 침대Le lit défait》, 시나리오《보르지아의 금빛 혈통Le sang doré des Borgia》을 출간했다.

1978 희곡《밤낮으로 날씨는 맑고Il fait beau jour et nuit》를 출간했다.

1979 《엎드리는 개Le chien couchant》를 출간했다.

1981 단편집《무대 음악Musiques de scènes》, 《화장한 여자La femme fardée》(랑세포베르 공저)를 출간했다.

1983 《고요한 폭풍우Un orage immobile》(쥘리아르포베르 공저)를 출간했다.

1984 자서전《내 최고의 추억과 더불어Avec mon meilleur sou-venir》를 출간했다.

1985 《지루한 전쟁De guerre lasse》, 단편집《라켈 베가의 집La maison de Raquel vega》(페르난도 보테로 그림)을 출간했다. 모나코 피에르 대공 상을 받았다.

1986 《여자들Des femmes》을 출간했다.

1987 《핏빛 수채물감Un sang d'aquarelle》, 전기《사라 베르나르, 깨뜨릴 수 없는 웃음Sarah Bernhardt, le rire incassable》을 출간했다.

1988 에세이《파리의 골목La sentinelle de Paris》(위니 덴커 공저)을 출간했다.

1989 《끈La laisse》을 출간했다.

1991 《핑계Les faux-fuyant》를 출간했다.

1992 대담집《응답들Répliques》을 출간했다.

1993 자전소설《그리고… 내 모든 공감Et… toute ma sympa-thie》을 출간했다.

1994 《지나가는 슬픔Un Chagrin de passage》을 출간했다. 불치의 암 선고를 받은 자신을 투사한 이 소설로 다시금 평단의 찬사를 받았다.

1996 《방황하는 거울Le miroir égaré》을 출간했다.

1998 회고록《어깨 너머로 돌아보다Derrière l'épaule》를 출간했다.

2004 69세로 옹플뢰르에서 수년간 앓던 심장병과 폐질환의 여파로 사망했다. 고향 카자르크에서 평생의 친구 페기 로슈 옆에 묻혔다.

2008 칼럼집《봉주르 뉴욕Bonjour New York》,《셋집Maisons louées》,《재칼들의 향연Le régal des chacals》,《극장에서Au cinéma》,《블랙 미니드레스La petite robe noire》,《스위스에서 온 편지Lettre de Suisse》, 에세이《아주 좋은 책들에 관하여De trés bons livres》, 단편집《삶을 위한 아침Un matin pour la vie》등이 유작으로 출간되었다.

해독 일기

초판 1쇄 발행 2023년 11월 20일
초판 2쇄 발행 2024년 1월 3일

지은이 프랑수아즈 사강
그림 베르나르 뷔페
옮긴이 백수린

펴낸곳 ㈜안온북스
펴낸이 서효인·이정미
출판등록 2021년 1월 5일
제2021-000003호
주소 서울시 마포구 월드컵로14길 28 301호
전화 02-6941-1856(7)
홈페이지 www.anonbooks.net
인스타그램 @anonbooks_publishing
디자인 피포엘
제작 제이오

ISBN 979-11-92638-25-6 04860
979-11-92638-22-5 (세트)